Collection
Jeunesse/Romans
dirigée par
Raymond Plante

UQAR
BIBLIOTHÈQUE
ÉLAGUÉ

LA TÊTE DE Linefotte

**Données de catalogage avant publication
(Canada)**

Dubé, Jasmine

La Tête de Line Hotte

(Collection Jeunesse/romans)
Pour les jeunes.

ISBN 2-89037-439-4

I. Titre. II. Collection.

PS8557.U23T47 1989 jC843'.54 C89-096116-6
PS9557.U23T47 1989
PZ23.D82Te 1989

Ce livre a été produit avec un ordinateur
Macintosh de Apple Computer Inc.

DÉPÔT LÉGAL:
1er TRIMESTRE 1989
BIBLIOTHÈQUE NATIONALE DU QUÉBEC
ISBN 2-89037-439-4

Montage
Andréa Joseph

Jasmine Dubé

LA TÊTE DE

Line Hotte

roman

ÉDITIONS QUÉBEC/AMÉRIQUE

425, rue Saint-Jean-Baptiste, Montréal, Québec H2Y 2Z7 (514) 393-1450

De la même auteure

Théâtre

Bouches Décousues, Éditions Leméac,
Collection théâtre pour enfants, 1985.
Sortie de secours, en collaboration,
Théâtre Petit à Petit, VLB éditeur, 1987.
Des livres et Zoé Chou Bidou Woua,
Leméac éditeur, 1988.

Albums pour les tout-petits

Le mot de passe, illustré par Sylvie
Daigle, Éditions Pierre Tisseyre,
Collection Cœur de pomme, 1988.
Au bain Capitaine! illustré par Anne
Michaud, Éditions du Raton Laveur,
1989.

Manuels scolaires

Tri-Oh!, en collaboration. Trois livres de
lecture (TRIMOUSSE, TRIFOUINE,
TRIVOL), Les éditions Le Sablier.
Graficor, 1988.

à Langis et Dany
pour l'enfance partagée

à ma nièce Geneviève

à Claude et Annie
pour l'enfance retrouvée

Table des matières

Prologue

Tout a commencé lorsque mes parents m'ont fait cadeau d'une tourterelle pour mon anniversaire. Moi qui croyais que les tourterelles ne pouvaient vivre qu'en paire... J'étais bien étonnée de la voir toute seule comme... un jaune d'œuf.

J'étais inquiète à son sujet. Le premier soir, j'étais tellement énervée, que j'ai eu toute la peine du monde à m'endormir.

Je ne voulais pas dormir en fait.

Je craignais qu'elle ne meure si je m'endormais; elle serait trop seule.

Mais heureusement je possède un don: je sais parler aux animaux. Les oiseaux surtout. J'ai donc dit à ma tourterelle que même si je fermais les yeux, je resterais avec elle dans mon cœur et dans ma tête. Elle a compris. Avant de s'endormir, on s'est fait un clin d'œil. Et on a plongé dans les rêves...

Les ailes

J'aime les oiseaux. Rien de plus banal. C'est comme ça. J'aime tout ce qui a des ailes. C'est vrai. Quand on mange du poulet le dimanche soir, je fais toujours une crise si je n'ai pas les ailes. Au fond, ça fait bien l'affaire de ma mère parce qu'à part moi, tout le monde se bat pour les cuisses! Et comme on est quatre chez nous, et qu'on n'a toujours pas inventé le poulet à trois cuisses, ma mère se retrouve toujours avec le cou et la poitrine. Ange reçoit le gésier et le foie. Ange, c'est notre chienne. Je dis «notre» pour rester polie, mais je considère qu'Ange m'appartient. Malheureusement, elle n'a pas d'ailes malgré son nom. Mais elle est bien fine quand même.

Ce serait super d'avoir des ailes. Des ailes! J'en ai tellement rêvé. J'en ai demandé six ans d'affilée au Père Noël... sans résultat, il va sans dire!

Combien de lettres je lui ai envoyées à ce vieux Père Noël au fond de son pôle Nord? Je me rappelle plus, mais la Société canadienne des postes s'est enrichie avec moi.

Puis j'ai découvert que le Père Noël était une invention des adultes pour calmer les enfants durant l'année. J'ai trouvé ça vache. Je n'ai pas parlé à mes parents pendant un jour et demi quand j'ai su ça. Quant au facteur, je ne lui faisais pas de façon quand il déposait son courrier chez nous: je le considérais maintenant comme un complice de mes parents. D'ailleurs je lui trouvais un air de renne avec son nez rouge.

Mes parents se sont mis à filer

doux avec moi... Ils avaient un gros mensonge à se faire pardonner: le Père Noël!... Franchement! Ils ont essayé de racheter leur gaffe par une montagne de cadeaux: des anges en tissu, un costume de "superwoman", des avions en plastique. Ça me faisait ni chaud ni froid ces "ersatz", comme dit la prof de français. Ersatz... c'est vraiment un drôle de mot. Ça me fait toujours penser au ketchup, allez savoir pourquoi. Peut-être parce que ça finit par un z... Je ne le sais pas.

À mon anniversaire, mes parents m'ont offert un cadeau super! Une tourterelle! C'était pas trop tôt!

Et c'est à partir de ce jour-là que plus rien n'a été pareil.

Journée pédagogique

François Lacasse dit qu'il a été adopté. Moi, j'ai de la misère à croire ça: il ressemble à son père comme deux gouttes d'eau de javel. Tous les deux, ils ont la peau laiteuse, les cheveux un peu décolorés et des taches de rousseur. Je le trouve un peu cruche, François Lacasse, quand il raconte ses histoires sans queue ni tête (ni ailes, il va sans dire!).

Le père de François Lacasse est

réparateur de laveuse. Ce mercredi-là, on n'avait pas d'école à cause d'une journée pédagogique, et, évidemment, comme chaque fois qu'on a un pauvre petit congé, il faisait un froid de canard (une autre expression de ma mère!).

«Notre laveuse fonctionne comme un mal de ventre», dit souvent ma mère. Je ne vois pas le rapport avec le mal de ventre. En tout cas. Ma mère était en chômage, c'est-à-dire les deux pieds dans la maison à faire la cuisine, le ménage et le lavage. Tout à coup, la laveuse s'est arrêtée nette-frette-sec après un énorme Clak Kaput Crick!

– Bon! Une autre tuile qui me tombe sur la tête! a ajouté ma mère après le Crick! de la laveuse.

J'ai levé les yeux. Il ne manquait pourtant aucune tuile au plafond. Elle a vraiment une drôle de façon de parler, ma mère. Quand il vente fort, elle dit qu'il fait un vent à écorner les bœufs. Étant donné le nombre de bœufs qui passent dans la rue, je suis à peu près sûre que le vent aussi doit être en chômage!

Franchement!

– Allô, monsieur Lacasse? C'est madame Pelletier. Ma laveuse vient de me laisser tomber...

Avez-vous déjà vu ça une laveuse qui laisse tomber quelqu'un? Boum! Elle est drôle ma mère.

– Merci, monsieur Lacasse. Pardon... Ah! oui, pas de problème, vous pouvez l'amener; la mienne aussi est à la maison...

«La mienne», c'est moi! Franchement! J'hais ça quand elle parle de moi comme ça. J'ai l'impression d'être une chose comme une paire de bottes, une robe de chambre, une carte de bingo, n'importe quoi!

– Surveille ma soupe, veux-tu. Je vais aller me remonter un peu.

Se remonter maintenant! Elle se prend pour une horloge on dirait, ou pour une rivière tant qu'à y être...

– Tu vas te remonter comment? En aval ou en amont? En kayak ou en chaloupe?

– Line, c'est une façon de parler, tu le sais bien. Vite, vite, monsieur Lacasse s'en vient et je veux pas avoir l'air du diable.

Je n'ai pas osé faire de commentaire sur cette dernière réplique. J'avais peur de la choquer. Et... quand elle est choquée, ma mère a l'air du diable en peinture. Elle voit rouge.

– Monsieur Lacasse va amener son fils avec lui, ma chouette.

– Ça me dérange pas, moi.

Elle me fait un drôle de sourire que je n'aime pas. Comme si elle pensait que j'allais tout virer sens dessus dessous parce qu'un garçon venait chez nous. J'en ai vu d'autres! Franchement!

– C'est un garçon de ton âge.

– Ça me dérange pas, je te dis.

– Ah bon!

Elle m'énerve. Je mélange la soupe. On dirait que les carottes me sourient elles aussi. Lâchez-moi!

– Comment il s'appelle le garçon?

– François.

– Ah!

François... C'est un beau prénom.

Les nuages

Des fois, je regarde le ciel pendant des heures. J'observe les avions qui passent, les oiseaux, les nuages. Mais jamais je ne regarde le soleil droit dans les yeux. Même quand je porte des lunettes fumées. Mais la lune, oui. Et les étoiles aussi.

Il n'y a pas si longtemps, mon rêve, c'était de devenir astronaute. Mais depuis l'accident de Challenger, j'ai changé mon fusil d'épaule.

Je ne suis pas peureuse de nature mais «il y a quand même des éli-mites», comme dit ma grand-mère. Non, je crois que je vais revenir à ma première idée: je serai ornitho-logue; c'est moins risqué.

J'aime les oiseaux. Ils sont par-faits. Chaque printemps, je surveille le retour des oiseaux migrateurs. Leurs grandes ailes qui battent l'air me donnent envie de les suivre. Je ne sais pas où ils vont. Je ne sais pas d'où ils viennent. Peu importe. Ils vont. Ils viennent. Ils traversent le ciel en poussant des cris. Ils fendent l'air, planent, plongent puis remon-tent vers les nuages.

Je me demande à quoi ressemble le monde vu d'un nuage. Ça doit être une sensation semblable à celle que me procure le trampoline à l'école. Zioum!

Zioum! Zioum!

Je passerais des heures sur un trampoline au lieu de suivre un cours de maths. Je suis zéro en maths, mais sur un trampoline je sais très bien compter. Je dessine des figures géométriques, je me multiplie, je me divise et si on additionne le plaisir que ça procure à mon hyperbole, à mon hypothalamus et à mes sinus, on en déduit qu'on devrait soustraire les cours de maths des salles de classe pour les donner plutôt dans un gymnase. Tous ne partagent pas ma théorie. En fait, c'est plus une hypothèse qu'une théorie, mais moi j'y crois dur comme fer (une autre expression de ma mère).

Madame Leblanc, ma prof de géo, me dit souvent que j'ai la tête dans les nuages. Si seulement je pouvais aussi y mettre les pieds. Moi je pense qu'on devrait observer les nuages au moins une heure par jour. C'est fou tout ce qu'on y voit: des formes extraordinaires, des visages, des animaux étranges. Quand il y en a beaucoup, on dirait que le ciel est en fête.

Ange

Ange est une chienne merveil-
leuse. Elle a sept ans. Il paraît qu'à
cet âge, on est un vrai adulte dans
la vie des chiens. Si Ange est une
adulte, c'est l'adulte la plus sympathique que je connais.

En théorie, Ange est à ma sœur
Christine; en pratique, elle appartient à nous trois: Christine, Thierry
et moi. Bien sûr, ma mère en est
aussi la propriétaire, mais comme
elle ne s'en occupe pas beaucoup,

on peut dire qu'elle est à nous trois.

Thierry a le même âge qu'Ange, sauf que lui, il serait plutôt du genre démon. De nous trois, c'est moi qui m'occupe le plus d'Ange. Surtout depuis que Christine sort avec Pierre-Luc Leduc. Moi, je l'appelle le grand-duc, Pierre-Luc, parce qu'il a les yeux ronds d'un hibou. Christine fait des scènes épouvantables quand j'appelle son amoureux comme ça, alors je surnomme Christine la duchesse, et là, elle se met très en colère. C'est comique.

Thierry, lui, ne pense qu'à ses sports et à ses amis. Quand ce n'est pas le hockey avec Raphael-Gretzky-Tremblay, c'est le baseball avec Mathieu-Raines-Comeau. Il est obsédé.

Autrement dit, je me retrouve entre une grande sœur achalante et un petit frère tannant. Ils sont plats tous les deux comme deux tranches de pain Weston; moi au centre, je suis tour à tour le jambon, le fromage, la laitue, la tomate, etc. Alors vous comprenez, parfois la moutarde me monte au nez ou la mayonnaise tourne. Ce n'est pas drôle d'être prise en sandwich! Ange, elle, aime bien les sandwichs, mais elle préfère le jambon au pain.

Certains jours, je pars avec Ange, surtout le samedi ou le dimanche (vous devinez sûrement pourquoi ce n'est pas du lundi au vendredi!). On va se balader. On aime bien les espaces verts toutes les deux. L'hiver aussi, on aime bien les espaces verts même s'ils sont blancs. Ange peut courir à sa guise et moi aussi. Mais ce que j'aime le mieux, c'est courir dans ma tête: je m'assois ou je me couche par terre et je regarde passer les nuages dans le ciel. Chaque fois, c'est pareil: le ciel s'ouvre comme un grand livre. Les phrases sont dans ma tête et les illustrations tout en haut. Elles jouent à saute-mouton dans la laine des nuages. J'ai déjà écrit des centaines de livres dans ma tête, et si un jour j'ai des enfants, je leur raconterai comment on fabrique des histoires: en laissant entrer les nuages par les yeux. Quand ils sont tous entrés, les ailes nous poussent et on s'envole...

La tempête

François Lacasse arrive avec son père. Il porte le coffre d'outils. Sous sa tuque enfoncée jusqu'aux oreilles, il ressemble à un Inca.

– Bonjour, monsieur Lacasse.

– Bonjour, madame Pelletier. Pas chaud aujourd'hui, hein?

– J'ai pas mis le nez dehors.

Ni le nez, ni le reste il va sans dire. Ma mère prend le parka de monsieur Lacasse et le suspend sur un cintre. Elle ne ménage pas ses sourires aujourd'hui, ma mère!

– Line va prendre ton manteau, François.

Ah bon! Elle aurait pu me demander mon avis. J'hais ça quand elle décide pour moi. François Lacasse enlève sa canadienne et son affreuse tuque à pompon.

– Ôte tes bottes aussi; le plancher est propre.

– Line!

– Ben quoi? C'est ce que tu nous dis chaque fois qu'on rentre de dehors.

Ma mère me fusille du regard. Monsieur Lacasse regarde en haut. François Lacasse se penche pour enlever ses bottes. Il se relève aussitôt en poussant un cri de mort comme s'il avait été piqué par une guêpe.

– Aaaaaaaaaaaaaah!

– Qu'est-ce qui te prend, François?

Monsieur Lacasse essaie de se défaire de son fils qui se colle à lui comme une sangsue.

– Il y a... il y a... un chien.

– Il est pas malin voyons donc.

François a une peur bleue des chiens. Depuis qu'il s'est fait mordre, il est plus capable d'en voir un.

– On va l'enfermer dans ce cas-là. Line, veux-tu enfermer Ange, ma chouette?

J'ai trouvé ça un peu fort. Enfermer Ange! Franchement!

– Si on enferme Ange, je m'enferme moi aussi.

– Voyons, Line, tu vois bien que François a peur d'Ange.

– C'est pas une raison pour l'enfermer, elle a rien fait. Il y a du monde qui font peur à voir pis on les enferme pas pour autant.

Ma mère m'a jeté un regard d'acier. Elle a ouvert la porte et a fait sortir Ange. En pleine tempête de neige!

Sur le coup, mon corps s'est figé. Je ne reconnaissais plus ma mère. Ce cœur cruel, cette poigne de fer, ces yeux de glace, c'était ma mère ça? Mes yeux se sont remplis d'eau tout à coup. Comme je ne voulais pas étaler mon chagrin devant les Lacasse, père et fils, je suis partie comme une flèche. J'ai pris mes cliques et mes claques, j'ai sauté à pieds joints dans mes bottes et je suis partie sur les traces d'Ange. Dehors!

Ma mère a bien essayé de me retenir. Rien à faire. J'imaginais son malaise, surtout devant monsieur Lacasse. Mais c'est Ange qui me préoccupait. Je ne supporte pas qu'on la traite comme une nouille.

– Line, Line! Viens, il fait trop froid pour rester dehors.

– Non.

– Allons, Line. C'est pas le temps de se chicaner, là. Rentre à la maison. Il fait un temps à pas mettre un chien dehors.

– Justement!

Ma mère a refermé la porte, l'air bête. Elle devait être mal à l'aise face à ses contradictions. Tant pis pour elle.

Ange était contente que je la retrouve. Elle s'est blottie tout contre moi. On s'est mises à l'abri du vent, entre la maison et le mur du garage. Ça floconne beaucoup et ça vente fort. Mais on s'en fout un peu, du moment qu'on est deux. Ange pleure tout contre moi. Je pleure avec elle, ma tête dans son cou. Nous pleurons sur le monde. Sur le côté terre à terre du monde (peut-être que neige à neige serait plus approprié). En tout cas, ça ne change pas le problème pour autant. Ça manque d'élévation tout ça.

Un éclair noir traverse l'univers blanc et s'arrête dans la cour, sur le peuplier dénudé. C'est un moineau. Il a l'air gelé. Et il est seul lui, sans ange contre qui se blottir.

– Tu vois, Ange, on est pas toutes seules. Même les gros malheurs, ça se partage.

Trampoline

Au fond de sa cage, ma tourterelle roucoule. Elle lisse ses plumes
et fait les yeux doux. Des yeux de
coton. On s'aime toutes les deux. Je
le sais. Je le sens. Ces choses-là ne
s'expliquent pas. L'amour, ça ex-
plose, ça rugit, ça glisse doucement
d'un être à l'autre. C'est un courant
électrique. Je n'ai jamais eu de choc
électrique, mais j'imagine ce que ça
doit produire comme effet.

Je l'ai baptisée Trampoline, ma

tourterelle. Ce nom lui va comme un gant. Elle est aérienne, agile, légère.

J'aime qu'elle dorme dans la même pièce que moi, que ma chambre soit son univers. J'aime qu'elle éclabousse la pièce de ses sons joyeux. J'aime qu'elle soit là.

Je l'aime, elle. Je l'aime, là. Ma tourte-belle. «Ma trampoline» ailée.

Mon père est amoureux

Aujourd'hui, Thierry et moi nous allons chez notre père. Nous y passerons la fin de semaine. Christine ne peut pas nous accompagner parce qu'elle garde ce soir chez les Leblanc. Mais la vraie raison, c'est qu'elle ne veut pas venir. Elle en veut à mon père d'être parti de la maison il y a deux ans.

Moi, je pense qu'il valait mieux que mes parents se séparent. Ils se chicanaient tout le temps. C'était pénible. Et plus ça allait, pire c'était. Surtout le soir. Ils attendaient que nous soyons couchés pour laisser aller leur colère. Mais moi, de mon lit, j'entendais tout: leurs disputes, leurs gros mots, leurs reproches. Tout. Oh la la! C'était pas joli joli...

C'était pas facile de m'endormir après avoir écouté des choses aussi vilaines. Mes parents me poursuivaient dans mon sommeil ou peut-être que c'est moi qui les amenais au pays des songes. Je ne sais pas. Dans mes rêves...

je les fais retomber en amour. Ils se sourient, se donnent des baisers. Je nous vois tous les cinq en vacances au bord de la mer. Mes parents rient. Ils jouent avec nous, courent avec nous, se baignent avec nous. Ensemble. Toujours ensemble. Puis ils nous quittent soudain, l'air complice. Ils vont faire l'amour. Quand ils reviennent, ils sont encore plus beaux, plus fous, plus fins, plus souriants, plus...

Ce n'était qu'un rêve. À mon

réveil, le cauchemar reprenait avec les cris et les bouderies qui n'en finissaient plus de finir.

Mon père nous amène au restaurant, Thierry et moi. Habituellement, c'est nous qui choisissons mais ce soir, tout est décidé d'avance.

Mon père veut nous initier à la cuisine portugaise. Il nous amène à *L'Étoile d'océan*. Ah bon! Thierry et moi, on n'est jamais allés dans un restaurant portugais. Ils n'ont pas de hambourgeois ici, Thierry n'est pas content. Quant au poulet, il est "picant" dit le menu, ce qui ne plaît pas davantage à mon frère. Mon père me souligne qu'il y a une faute d'orthographe: piquant, ça s'écrit avec «qu» et non avec un «c».

– Pourquoi tu me dis ça à moi? C'est au serveur qu'il faut le dire.

Mon père préfère replonger dans son menu. À quoi ça sert de repérer les fautes si on ne fait rien pour les changer? Mon père sourit, gêné. Espèce d'autruche, comme dirait ma mère.

– Ici, les poissons et les fruits de mer sont la spécialité de la maison.

– C'est pas une maison, c'est un restaurant.

Thierry est de mauvaise humeur. Il se console en commandant des crevettes, moi je vais manger ma première paella. Mon père, lui, se décide à prendre d'affreux calmars grillés.

Il est bizarre notre père ce soir. On dirait qu'il est mal à l'aise avec nous.

– Qu'est-ce qu'il y a, papa?

– Rien, rien du tout.

– Ah!...

Deux hommes, tout de noir vêtus, s'approchent. Le plus jeune tient une guitare et l'autre, une mandoline. Ils se mettent à jouer d'une table à l'autre. Le plus jeune chante.

– En portugais, dit mon père.

C'est beau mais on ne comprend rien évidemment, à part les «r» qu'il roule abondamment et les «o» qu'il roucoule généreusement. Ils s'approchent de notre table. Thierry est pris d'un fou rire. Je lui donne un coup de pied dans les tibias. Le fou rire disparaît comme par enchantement. Thierry me lance un regard vengeur.

Après la chanson des Portugais, tout le monde applaudit, puis, dans le silence qui suit, mon père plonge le nez dans son assiette.

– J'ai quelque chose à vous dire... Quelque chose d'important.

Bon! Je le savais bien qu'il y avait quelque chose. Mais je ne savais pas que ce serait spécial à ce point-là! Mon père nous annonce qu'il est amoureux!!! L'amoureuse en question s'appelle Claire et elle viendra nous rejoindre tout à l'heure... Justement, la voilà qui arrive... Mon père se lève brusquement. Il renverse son verre de vin, accroche la corbeille à pain, échappe sa serviette de table. Il s'excuse, prend la main de sa bien-aimée, l'embrasse, l'invite à s'asseoir à notre table et... ouf... il nous la présente.

– Claire... euh... je te présente ma femme... euh... ma fille Thierry et mon fils Line... en fait, non, c'est le contraire. En tout cas.

Thierry et moi, on la dévisage. On est bien conscients que ce n'est pas très poli, mais on dirait que c'est plus fort que nous.

– Enchantée, Line. Enchantée, Thierry.

Je ne peux pas en dire autant. Je ne vois vraiment pas ce que mon père lui trouve. Je ne vois pas non plus ce qu'elle a de plus que ma mère. Elle est plus petite, sa peau est très blanche avec des taches de rousseur, ses cheveux sont roux, ce qui n'est pas sans me rappeler quelqu'un que je n'aime pas particulièrement. Elle nous sourit. Je n'aime pas ses dents, elles sont trop longues. Elle dit qu'elle travaille au jardin botanique. Je n'aime pas sa voix.

– On pourrait aller au jardin demain, tous ensemble.

Un grand silence. Un ange, dix anges, mille anges passent. Elle sourit bêtement. La panique éclate dans ses yeux. Elle cherche du secours dans les yeux de mon père, mais lui aussi affiche une triste mine. Il a l'air d'une carpe au bout d'une canne à pêche.

– Ce serait sympathique, hein Jean-Luc?

Mon Jean-Luc de père lui sourit

et accepte... si ça nous convient, évidemment!

Thierry s'empresse de dire oui. Moi aussi. Je ne veux pas être la trouble-fête. Et c'est alors qu'arrive le clou de la soirée. La cerise sur le sundae, comme dirait ma mère.

– Je suis très heureuse que vous acceptiez mon invitation. Mon neveu François va nous accompagner. Il a à peu près ton âge, Line.

Je me sens blêmir tout d'un coup. Non, c'est sûrement un autre. Je me trompe...

– Ah... et... il s'appelle François comment ton neveu?

– François Lacasse.

Je le savais. J'en aurais mis ma main au feu. Ce n'était pas pour rien que la tête de Claire me rappelait François Lacasse. Ah! Misère! Et c'est d'elle que mon père est devenu amoureux! Franchement! Il ne pouvait pas plus mal tomber...

– Line! Où tu vas comme ça, mon ange?

– Elle va prendre l'air, ton ange!

Les maths

Voulez-vous bien me dire à quoi ça sert les mathématiques? Bon, j'admets que c'est important de savoir compter. Je l'admets. Ça sert tous les jours. Mais une fois qu'on sait compter, à quoi bon se battre avec les principes de Pythagore et compagnie, les racines carrées, l'algèbre, les sinus et les cosinus?

C'est ce que j'essaie désespérément d'expliquer à mon prof de maths, qui n'est pas très content: il m'a vu dessiner des oiseaux dans mon cahier pendant le cours.

– Line Hotte, tu resteras après la classe, j'ai à te parler.

Bon! Et me voilà en tête à tête avec mon prof de maths.

– Line, c'est pas fort tes notes en maths, hein...

Que voulez-vous que je réponde à ça?

– C'est sûr.

Je ne peux pas le contredire. Je lui parle de ma théorie du trampoline. Il sourit.

– J'aime bien faire du trampoline moi aussi, mais je m'imagine mal en train de donner un cours en rebondissant!

Il me fait rire, des fois, le prof de maths. Je dois reconnaître qu'il a un certain sens de l'humour. Ça me plaît. Il me propose de faire équipe avec un étudiant fort en maths qui pourrait m'aider. Je trouve ça moins drôle tout à coup.

– Afin d'éviter l'échec, dit-il.

Bon! J'accepte pour lui faire plaisir. De toute façon, je n'ai pas tellement le choix. Demain, après l'école, on se rencontre à son bureau: lui, la «bolle» en maths, et moi.

– Très bien, Line, je compte sur toi.

Je ris comme une folle. C'est bien le prof de maths: il compte tellement qu'il compte sur moi! Il ne peut jamais s'arrêter de compter.

Le clan Hotte

Christine pleure depuis hier. Elle s'est enfermée dans sa chambre et ne veut plus voir personne. Pierre-Luc et elle ont cassé. Ça faisait presque huit mois qu'ils sortaient ensemble. C'est un dur coup pour ma sœur.

J'ai essayé d'aller la voir tout à l'heure mais elle n'a pas voulu. Elle me considère encore comme un bébé. Pourtant, on a juste deux ans de différence. Elle est comme ça, ma sœur. Elle fait sa fraîche des fois. Je l'ai laissée toute seule, sans dire un mot. Je comprends sa douleur même si je ne suis pas amoureuse en ce moment. J'ai bien quelques attirances, mais je n'ai pas de «chum». «J'ai tout mon temps», comme le serine ma mère. Et quand je regarde Christine, je me dis que ma mère n'a pas tout à fait tort.

N'empêche que j'aurais bien aimé parler avec ma sœur. Je lui aurais dit que je suis là moi, que je l'aime même si ça ne paraît pas toujours, que les gars ne sont pas tous des salauds comme grand-duc Leduc (enfin, je l'espère). Mais je n'ai pas beaucoup d'expérience.

Ange va pleurer devant la porte de Christine. Elle sent son chagrin elle aussi. Ma sœur lui ouvre et elles pleurent ensemble. J'aurais aimé pleurer avec elles mais... je sais bien que ça pleure mieux à deux.

Même Thierry le fanfaron vient, balle en main, proposer une partie de baseball à Christine. Il est gentil mais Christine ne semble pas touchée par sa proposition et elle redouble ses pleurs.

C'est dans les moments de grand malheur que notre famille forme un clan. Le clan Hotte. La mafia Hotte. Faire du chagrin à un membre du clan, c'est blesser le clan au grand complet et attirer sa colère. Ma mère a appelé mon père qui est accouru au chevet de «la malade». Lui, elle le laisse entrer. Ils discutent un long moment, puis la porte de la chambre s'ouvre et nous nous précipitons tous à l'intérieur. Voilà, le clan est au complet. Christine sourit mais ses paupières sont rouges et enflées. Le clan vole bas...

Le mauvais sort

Décidément, je le vois partout François Lacasse depuis quelque temps. Ça m'agace. Je ne l'ai pas choisi. Dès que je tourne le coin, il apparaît. Ça doit être ce qu'on appelle une tache ou une mouche. Heureusement que j'ai Ange, elle le garde à distance: un vrai insecticide. Elle a réussi quelques fois à me débarrasser de cette tête rouge de François Lacasse.

Je ne comprends pas qu'on

puisse avoir peur d'Ange. Elle est douce comme un agneau. Par contre, je peux très bien concevoir qu'on ait peur de François Lacasse. Il déplace de l'air ce gars-là, ce n'est pas croyable.

C'est un zélé qui aide son père, réussit à l'école et trouve même le moyen d'avoir une tante Claire qui est amoureuse de mon père. C'est un peu fort quand même. Franchement! Sans compter que son père, le réparateur de laveuse, est tombé dans l'œil de ma mère. Ce n'est plus une graine dans l'œil, c'est une carrière de sable!

Mais tout ça, ce n'est rien: sur les mille huit cent soixante-dix-huit élèves de la polyvalente, c'est François Lacasse que le prof de maths a choisi pour me donner un coup de main! Franchement!

C'est probablement ce qu'on pourrait appeler un mauvais sort. C'est ça.

François Lacasse est un mauvais sort.

L'envolée

Ma tourterelle a le caquet bas aujourd'hui. Elle est couchée au fond de sa cage et ne remue même pas une petite plume. Qu'est-ce à dire? comme dirait la prof de français. Je m'approche de la cage.

– Bonjour, Trampoline.

Pas de réponse.

– Ça va pas aujourd'hui, ma tourte-belle?

Trampoline ouvre un œil, me regarde. Son œil est vitreux et profond comme un gouffre. Je voudrais plonger dedans mais elle le referme aussitôt.

– Tu t'ennuies?

Elle bouge la tête de haut en bas comme si elle disait oui.

– Très bien. Je vais voir ce que je peux faire.

J'ouvre la fenêtre de ma chambre. Le soleil et le vent arrivent au galop. Trampoline sourit. Je souris aussi.

– Un peu de musique, ma belle?

Elle émet un faible gémissement que je prends pour un oui. Je sors ma flûte à bec et je joue *J'ai du bon tabac dans ma tabatière.* Trampoline me lance un regard effarouché.

– Je sais, c'est pas fort; mais c'est ce que j'ai appris à l'école.

Pourtant, sœur Albertine nous serine tout le temps que la cigarette, c'est mauvais pour la santé. Elle ne rate pas une occasion de nous inciter au partage avec le prochain, mais la première chanson qu'elle nous apprend, c'est: *J'ai du bon tabac, tu n'en auras pas.* En voilà une autre qui a plus d'une contradiction dans sa tabatière.

Trampoline s'ennuie. Elle referme ses yeux.

– C'est mon répertoire qui t'endort? D'accord, j'arrête.

Elle refait son petit mouvement de tête que, cette fois-ci, j'interprète comme un merci.

– De rien, Trampo.

Je range ma flûte à bec dans son étui puis je m'approche de ma grande malade. Qu'est-ce qu'elle peut bien avoir? Ah! Il n'y a plus rien à manger chez toi, Trampoline.

– Veux-tu des graines de sésame?

Elle accepte. J'ouvre la cage et je verse quelques graines dans sa mangeoire. Elle picore un grain, puis le rejette. Pas d'appétit! Ce sont des choses qui arrivent (quoi qu'en dise ma mère!).

– Un peu d'eau peut-être?

Elle sourit. Je vais à la cuisine pour chercher de l'eau pure. J'envahis le royaume de ma mère.

– Qu'est-ce que tu fais, ma chouette? me demande ma reine-mère.

– Je viens chercher de l'eau pour Trampoline.

– Trampoline... c'est vraiment un nom à coucher dehors.

Parfois, ma mère a le don de me mettre les nerfs en boule. Surtout quand elle me sort ce genre de petite phrase par en dessous. Mais je ne me laisse pas faire. Mon esprit guerrier s'éveille aussitôt.

– Si c'est tout ce que tu as à me dire, j'aime autant pas répondre, Antoinette Hotte.

Et là-dessus, je vire les talons et retourne à ma chambre. Mais ma réplique a porté, je le sais.

– Arrête de m'appeler Antoinette Hotte. Mon nom c'est Pelletier. Pelle-tier!

Je souris. Elle est très susceptible, ma mère. Surtout depuis qu'elle et mon père sont séparés. Elle a vite repris son «nom de jeune fille», comme elle dit. Ma mère n'a jamais aimé le nom de mon père. Au fond, ça se comprend: ce n'est pas facile à porter comme nom, Hotte. Surtout avec Antoinette comme prénom. Ou pire, Line. C'est la première arme de mes ennemis quand ils veulent me blesser: «La Hotte,

Tête de Linotte, Gélinotte». Je trouve ça mesquin. J'essaie de m'endurcir, mais ça me choque quand même.

– J'arrive avec ton eau, Trampoline.

J'entre dans ma chambre. La cage... J'avais laissé la porte ouverte. Trampoline n'est plus dans sa cage...

– Trampoline!

Elle est perchée sur le bord de la fenêtre grande ouverte. Elle me regarde. Me sourit. Elle me lance une série de petits cris joyeux. La santé lui est revenue assez rapidement on dirait.

– Ah non, Trampoline, tu vas pas t'en aller?

– Line, j'attendais que tu reviennes avant de m'envoler. Je voulais te dire au revoir.

– Tu es sûre, Trampo?

– Sûre.

– Mais tu sais, dehors, il fait froid. Tu auras peut-être faim... et... il y a des chiens, des chats, des corneilles...

– Oui, oui, je sais tout ça. Mais je m'ennuie dans ta cage. Comprends-tu ça?

On se regarde. Ses yeux sont doux. Les miens, humides. Elle me sourit encore. Elle étend ses ailes.

– Non, Trampoline, attends. Euh... j'ai apporté de l'eau. Veux-tu trinquer avec moi avant de t'envoler?

Je m'approche doucement de la fenêtre. Je lui offre à boire. Elle plonge son bec dans le récipient et boit avidement.

– À ta santé, Line.

– À ta santé, Trampoline.

Je vide ce qui reste de l'eau. On rit comme des folles toutes les deux. Je lui tends la main. Elle grimpe sur mon index et me chuchote à l'oreille:

– Tu es une chouette fille, Line.

– Je le sais. Ma mère me le dit souvent.

Et on se remet à rire de plus belle. Puis le rire s'éteint et le silence s'allume, comme le jour passe à la nuit.

– Je pars maintenant. Le monde m'attend.

– J'aimerais bien partir avec toi, Trampo, avoir des ailes comme toi.

– Tes ailes sont dans ta tête,

Line. Prends tes ailes à ton cou et viens me rejoindre.

Elle pleure elle aussi mais elle rit en même temps. Elle me pince le nez avec son bec puis elle s'envole. Je la regarde. Elle s'élance dans la direction du soleil. Ses ailes déployées applaudissent la grandeur du ciel. Puis elle devient un minuscule point dans l'espace et se confond avec les nuages.

– Bon voyage, ma tourte-belle!

J'ai le cœur gros. Je sens la main de ma mère sur mon épaule et son bras autour de mon cou. J'ai une terrible envie de pleurer. Le bras de ma mère est comme une grande aile, chaude, accueillante. Je m'y réfugie. Ma mère me couve.

– Tu l'as laissée partir?

– Je pouvais pas refuser. Elle me l'a demandé..

– Tu as bien fait, ma chouette. Bientôt, ce sera toi qui voudras partir et moi aussi je...

Voilà qu'elle pleure elle aussi. Qui est l'oiseau? Qui est la mère? Je ne sais plus. Mais on est bien comme ça toutes les deux dans la tendresse, devant la fenêtre ouverte. On est bien l'une dans la chaleur de l'autre. On reste comme ça pendant une éternité.

– Coucou! Line!...

Sur le toit, en face de la chambre, Trampoline est perchée et elle me sourit.

Les Leblanc

Ce soir, je vais garder chez madame Leblanc, ma prof de géographie. Habituellement, c'est Christine qui garde chez elle mais ce soir, Christine va au théâtre avec ses amies alors c'est moi qui la remplace. Ça fait bien mon affaire. Non seulement je vais gagner de l'argent, mais en plus, je vais pouvoir passer la soirée comme ça me plaît. Pas de petit frère tannant à supporter, ni d'ordres de ma mère, ni rien. Et l'idée de m'occuper d'un enfant de deux ans me tente assez. Christine m'a dit qu'il était mignon et rieur ce petit Arno.

Sept heures. Je sonne chez les Leblanc. Monsieur Leblanc m'ouvre. Il affiche un sourire étonnamment large. Je n'ai jamais vu une bouche aussi grande. En tout cas. Il m'invite à entrer et à m'installer. Ça me fait drôle d'entrer dans la maison de ma prof de géo. Je trouve son mari un peu spécial, enfin, ce ne serait pas mon genre d'homme. La nature ne l'a pas beaucoup avantagé, géographiquement parlant. Mais il doit sûrement avoir quelques qualités cachées puisqu'elle s'est mariée avec lui. En tout cas, j'espère pour elle et pour lui aussi.

– Bonsoir, Line.

Madame Leblanc arrive, suivie du petit Arno qui me regarde étonné, un doigt dans le nez.

– Elle s'appelle Line. C'est Line qui va garder Arno ce soir.

– Veut pas.

– Mais oui, mon chéri. Papa et maman sortent mais ils vont revenir. Line va rester avec toi. D'accord?

– Nine.

– C'est ça. Line.

– Nine bécé Nano.

– Oui, Line va bercer Arno. Hein Line?

– Ah oui! Je vais te bercer, Arno, si tu veux. Mais on va jouer aussi.

Il se détache de la robe de sa mère et s'approche de moi. Il me sourit et me tend les bras.

– Je le couche à quelle heure?

– Vers huit heures.

– Non. Pas coucé. Zoué.

Et Arno m'amène dans sa chambre, son paradis. Il me fait découvrir ses trésors: des dizaines de toutous, des casse-tête en bois, des jeux de duplo, des camions, une poupée, des livres cartonnés...

– Nine, zique.

– Quoi?

– Zique. Nano veut zique.

Arno me donne une boîte à musique qu'il veut que je remonte. Je tourne la manivelle qui, de toute évidence, n'a pas été faite pour des mains d'enfant, et les notes métalliques se mettent à danser dans la chambre d'Arno:

J'ai du bon tabac dans ma tabatière...

Arno l'apprendra plus tôt que moi cette chanson. Il a plus de temps encore pour la détester. Mais pour le moment, il a l'air de l'apprécier. Il se dandine devant moi, le sourire accroché.

– Dacé, Nine, dacé.

– Attends, là je comprends pas, Arno.

Son corps m'explique vite fait, bien fait. Il swingue. Ses jambes sont des ressorts et ses hanches marquent le rythme. Et me voilà qui danse sur l'air du bon tabac! Qui l'aurait cru? Arno lance des petits cris de joie. Il ne s'occupe pas de ses parents qui nous souhaitent une bonne soirée. Pour lui, ils sont déjà partis; ils sont de sales traîtres et je suis la seule au monde. Monsieur Leblanc me lance un «beau» sourire chevalin pendant que madame Leblanc embrasse Arno, qui lui concède un petit bout de joue. Puis ils partent, enfin.

Arno est heureux. Il fait de moi son cheval, son bébé, sa maman, sa lectrice, sa dessinatrice, son avion, son chat, son chien, alouette! Et à huit heures et quart, épuisée, je le mets au lit après l'avoir bercé. Ouf!

– Bonne nuit, Arno!

– Na ni, Nine!

Quel adorable petit bonhomme. C'est dommage qu'il ne reste pas toujours ainsi. Tôt ou tard, il deviendra tannant comme Thierry, puis insupportable comme François Lacasse. Il brisera peut-être des cœurs comme Pierre-Luc Leduc puis fera des sourires chevalins comme monsieur Leblanc, dont le visage ne me revient vraiment pas.

Je ramasse les jouets que l'enfant-ouragan a laissé traîner un peu partout, puis je vais au frigo prendre un verre d'orangina. Ah! Une pile de vaisselle sale sur le comptoir!

Je ne sais pas quelles étaient vos intentions, monsieur et madame Leblanc, mais si vous comptiez sur moi pour laver votre vaisselle, vous vous êtes mis un doigt dans l'œil jusqu'au coude! Il ne faut pas confondre gardienne d'enfant et femme de ménage quand même!

Je m'installe au salon. Je déguste mon orangina et ma solitude. Qu'est-ce que je fais? Je lis? Je regarde la télé? Je rêvasse? J'enlève mes chaussures et juste comme je pose les pieds sur le divan, la sonnette de la porte d'entrée retentit.

J'hais ça quand ça sonne, que je suis seule et que c'est le soir. Et que je ne suis pas chez moi. Et que je n'attends personne. Et que je suis responsable d'un enfant. Et, et, et... Qu'est-ce que je fais? C'est peut-être les Leblanc.

Sûrement pas, ils ont leurs clés... Un vendeur? Pas le soir quand même... Un voleur? Si j'étais une voleuse, je ne prendrais pas la peine de sonner, il me semble... Un violeur? Je ne sais pas comment ça pense un violeur, mais...

Je m'approche de la porte. Le cœur me débat comme un petit poulet. J'écarte le rideau... Ah! Si Arno ne dormait pas, je crois que je pousserais un cri d'horreur! Ça ne se peut pas. Je rêve ou quoi? Je ferme les yeux et les rouvre aussitôt. Je me pince. Je ne rêve pas. Je cauchemarde. C'est bien lui. C'est François Lacasse! Mais qu'est-ce qu'il vient faire ici, lui? J'entrouvre la porte.

– Qu'est-ce que tu veux?

Il a l'air surpris de me voir. Il est là, planté comme un rouge-gorge sur un piquet de clôture, la bouche grande ouverte, les bras ballants. On dirait qu'il vient d'avoir une apparition.

– Qu'est-ce que tu fais là?

– Ma... Madame Leblanc est pas là?

– Non. Je garde.

– Ah!

Et il reste là, sans un mot, à me regarder dans les yeux.

– Veux-tu que je fasse un message?

– Ben... euh... non. C'est parce que... Euh... Est-ce que la vaisselle est faite?

Qu'est-ce qu'il me raconte là lui? Qu'est-ce que la vaisselle vient faire dans toute cette histoire abracada-

brante? Décidément François Lacasse a le don de me dérouter. Il
m'explique que chaque mardi il vient
chez les Leblanc qui l'ont engagé
comme laveur de vaisselle et homme
de ménage. Rouge comme une
tomate, il s'embrouille un peu dans
ses explications. Ça le gêne sans
doute d'avoir à me raconter ce qu'il
fait pour gagner son argent de
poche. Mais ça ne me dérange pas.
C'est beaucoup plus sa présence qui
me dérange. J'ai l'impression que je
n'ai qu'à mettre le pied quelque part
pour que, peu de temps après,
François Lacasse surgisse avec sa
tête rouquine. Et ça, ça me déprime!

– Bon... ben fais comme d'habitude. Mais fais pas trop de bruit,
Arno dort.

– Est-ce que... est-ce que ton
chien est avec toi?

– Non, malheureusement!

François Lacasse entre. Je lui
cède la cuisine et je me réfugie au
salon. Je rage. Comment voulez-
vous rêver quand, dans la pièce
voisine, le gars qui vous tape le plus
sur les nerfs fait tinter des assiettes

et des casseroles? J'aurais donc dû amener Ange.

Shampoing

Trampoline me manque. C'est comme si elle avait apporté un morceau de mon âme, en partant. Il y a comme un grand trou en moi. Comme un vide.

Ça fait deux semaines aujourd'hui qu'elle est partie. J'ai posé une mangeoire sur le rebord de la fenêtre de ma chambre. Au début, elle venait chaque jour et on jasait toutes les deux. Elle me racontait ses aventures avec les moineaux, ses courses dans les nuages. Elle me décrivait la couleur du vent et dans ses yeux passaient des éclairs de lune. Dans ma voix, le tonnerre grondait quand je lui racontais mes mésaventures avec François Lacasse. Mais... depuis trois jours, je ne l'ai plus revue. Disparue Trampoline. Volatilisée.

Heureusement, Ange est là, fidèle. Aujourd'hui, j'ai entrepris de lui faire sa grande toilette du printemps. Je lui ai donné un bain puis je l'ai brossée. Ma mère a hurlé parce qu'elle ne trouvait plus sa brosse à cheveux. Elle n'a pas apprécié que je la lui fasse partager avec Ange. Et, ce qui n'a pas aidé, quand Ange a aperçu ma mère, elle s'est précipitée sur elle et s'est ébrouée... Ma mère étrennait sa robe blanche...

Ange n'a rien compris aux cris de ma mère. Je l'ai rassurée en lui expliquant que ma mère n'était pas méchante pour autant, mais que de temps en temps, elle avait besoin de s'exprimer. Ange n'était pas convaincue. Moi non plus d'ailleurs.

Eurêka!

François Lacasse me sourit en m'expliquant pour la troisième fois la théorie des ensembles. Il a des plombages très évidents. Pour lui, les maths semblent être un jeu d'enfant alors que pour moi, c'est du chinois.

– Ça sert à rien, je comprends pas.

– C'est facile pourtant.

– Pour toi peut-être. Pas pour moi.

Et je me referme comme une huître. Y a-t-il quelque chose de plus humiliant que de se faire dire «c'est facile» quand c'est la grande noirceur dans la tête? Il me choque François Lacasse. Et puis, j'ai faim. J'ai soif. J'ai chaud. Le soleil est encore haut dans le ciel et j'ai juste envie de sortir de l'école. Je me sens prisonnière.

– Je recommence, Line. Tu vas voir, cette fois-ci, tu vas tout comprendre.

Je me demande pourquoi il s'acharne à vouloir m'expliquer. Pourquoi il fait ça? En tout cas, j'espère qu'il ne se fait pas des idées à mon sujet, je veux dire, j'espère qu'il n'est pas amoureux parce qu'il va «frapper un nœud» (je tiens cette expression de ma mère!). Mais il ne peut pas m'aimer: je suis tellement bête avec lui. C'est plutôt son zèle qui le pousse à m'aider. Ou alors, il est masochiste sans bon sens.

François Lacasse reprend son baratin, sans se lasser. Il me réexplique tout dans les moindres détails. Son calme m'agace. Son enthousiasme m'énerve. La facilité qu'il a m'horripile. Je sens que si on n'arrête pas tout dans les dix secondes qui suivent, je vais lui sauter au visage et lui arracher les yeux. Il est aimable pourtant... mais c'est plus fort que moi: il me fait sortir de mes gonds.

– O.K., François. C'est assez pour aujourd'hui. On arrête ça là. Ça sert à rien, je suis pas capable de me concentrer.

– Comme tu veux, Line.

Il me sourit en refermant le cahier. Je vois ses plombages à nouveau. Juste à ce moment, le prof de maths arrive en culottes courtes et en t-shirt. Ça fait drôle de voir mon prof accoutré de cette façon. C'est comme si, soudainement, il perdait sa figure d'autorité. Ma figure à moi doit être bien étrange aussi; je me sens rougir jusqu'aux oreilles. C'est fou.

– Vous avez terminé?

– Oui, monsieur.

Il s'assoit et nous raconte que deux fois par semaine, il reste après les cours pour faire un peu d'exercices physiques.

– Pour garder ma ligne et ma forme physique, ajoute-t-il fièrement.

Et puis, comme ça, à brûle-pourpoint, il nous invite à l'accompagner au gymnase. François Lacasse est ravi. Ça ne m'étonne pas de lui: c'est un vrai lèche-cul. Moi j'hésite.

– Allons, Line. C'est l'occasion rêvée pour vérifier ton hypothèse concernant l'apprentissage des mathématiques sur le trampoline.

– Euh...

Cet argument massue m'assomme littéralement. Il attaque ma corde sensible. Je n'ai pas tellement le choix. Que répondre à ça?

– D'accord...

C'est donc sur le trampoline, à l'air libre, que la théorie des ensembles s'est révélée à moi. Elle m'est apparue clairement et m'a sauvagement sauté aux yeux. François Lacasse et le prof de maths en sont restés bouche bée! C'est ce qui s'appelle se faire couper les ailes, messieurs.

Mon hypothèse était donc vérifiée: le trampoline est aux mathématiques ce que l'air est aux oiseaux. J'étais aux oiseaux!

Tit-Coq

Enfin c'est samedi et il fait beau. Une superbe journée en perspective avec Ange! Je mets mes souliers de course. Au moment où je m'apprête à sortir de ma chambre, j'entends rire dans mon dos. Je me retourne... Trampoline! Trampoline est là sur le rebord de la fenêtre avec un ami... un peu timide.

– Allô, Line.

Elle me sourit, plus belle que jamais. Ses yeux brillent comme des

étoiles. Ses plumes sont cha-
toyantes et bien lisses.

– Je te présente Tit-Coq, mon
amoureux.

Tit-Coq détourne la tête, gêné. Il
regarde au loin une étoile ima-
ginaire. C'est un assez bel oiseau. Il
lui manque bien quelques plumes, il
fait peut-être un peu d'embonpoint
mais il a une tête sympathique.

C'était donc pour ça que tu ne
venais plus, ma tourte-belle. Tu
étais en amour! Et Trampo me raconte sa rencontre avec Tit-Coq sur
un nuage rose. Comment ils se sont
apprivoisés. Et cet éclair soudain qui
a provoqué le coup de foudre.

– Je n'aurais jamais connu Tit-
Coq si j'étais restée dans ta cage,
Line.

Trampoline est bavarde: une
vraie pie. Elle me parle de l'immensité de l'univers. Elle me
raconte la vie qui bouge en elle, son
amour pour Tit-Coq, leur désir com-
mun de procréer, l'ivresse que leur
procurent leurs courses dans l'azur
et le bruissement des feuilles dans
les arbres où ils se posent. Elle me

décrit leurs plongeons du haut de la falaise, leurs pirouettes, leurs jeux, leurs poursuites dans les nuages.

Je leur offre à boire. Ils n'ont pas soif; ils s'abreuvent aux fontaines et aux cours d'eau. Je leur offre de grignoter quelques graines: ils n'ont pas faim; ils ont déjeuné à même un jardin nouvellement semé.

Tit-Coq trépigne. Il secoue ses ailes. Il veut repartir. L'univers l'appelle mais l'amour le retient.

– Trampo, je... je partais pour le parc avec Ange.

Trampoline hoche la tête. Oui je sais, elle n'apprécie pas beaucoup la compagnie d'Ange. Mais elle viendra tout de même; elle viendra virevolter au-dessus de nos têtes. On se serre la patte et elle s'envole aux côtés de son Tit-Coq, qui lance un cri de joie.

Quel beau début de journée! Trampoline est revenue. Trampoline est amoureuse. Et il fait un soleil radieux.

Je prends mes ailes à mon cou...

Départ

Ange remue la queue dans tous les sens: un vrai chien fou. Elle lance des sons impatients qui sortent d'on ne sait où mais qui ressemblent étrangement aux chants de gorge des femmes inuit. Elle est d'une impatience, cette Ange.

– Oui, oui, on part. Minute.

J'attrape une pomme; je pince une fesse à mon frère, qui se met à hurler.

– Espèce d'obsédée sexuelle!

– Salut, Christine!

– Christine est sortie, me lance ma mère.

– Ah bon! Elle est enfin sortie de sa peine d'amour!

Maman a enfilé un grand tablier. Elle prépare une sauce à spaghetti. Elle est vraiment championne dans l'art de mijoter les sauces à spaghetti, ma mère. Je lui chipe un bout de céleri en passant près d'elle et je lui donne une tape sur les fesses. Affectueuse, il va sans dire.

– J'hais ça quand tu fais ça.

– Je te le dis, maman, Line est juste une obsédée.

Évidemment, il fallait que Thierry ajoute son grain de sel.

– Salut, les Hotte.

J'enfourche ma bicyclette au grand plaisir d'Ange et nous partons, direction verdure. Direction nuages et ciel bleu. Chemin faisant, qui est-ce que nous rencontrons? François Lacasse évidemment! Il change de trottoir quand il nous voit arriver Ange et moi. Devinez pourquoi?

Le rêve

Une nuit, j'ai fait un rêve étrange.

J'étais morte. Mon âme quittait mon corps, sortait par la fenêtre ouverte et prenait son envol dans le ciel. Puis, tout à coup, Trampoline sortait d'un nuage et, apercevant mon âme, elle volait à sa rencontre. Trampoline m'avalait; je veux dire qu'elle mangeait mon âme. Ça ne me faisait pas mal. Elle était ma prison ailée. Trampoline me prêtait ses yeux. Je voyais très, très loin par ses yeux. Je voyais l'infini. Elle me prêtait ses ailes. Je traversais le ciel par ses ailes. J'étais Line-Trampoline.

Puis, Tit-Coq apparut soudainement. Il nous a fait la cour à Trampoline et à moi, ou plutôt, il faisait la cour à Trampo-Line... Nous étions une seule et même personne, un seul oiseau. La dame Oiselle... C'est très étrange d'être courtisée par un oiseau. Les prises de becs sont plus douces, plus directes, plus aériennes aussi. Les jeux, plus francs.

Mais comment un oiseau peut-il séduire à la fois une oiselle et une humaine? C'est ce que je me demandais lorsque Tit-Coq a regardé Trampo-Line droit dans les yeux et... dans les yeux de Tit-Coq apparut le regard de... François Lacasse.

Mon âme se débattait dans le corps de Trampoline. Rien à faire. Même si elle a des ailes, une prison reste une prison. Mon âme hurlait.

– Line, la seule façon de libérer ton âme est que je meure.

– Non, Trampoline, non. Il doit y avoir une autre solution.

Je hurlais. Je hurlais. Trampoline pleurait. Tit-Coq riait en nous poursuivant.

Puis il s'est mis à pleuvoir. Une pluie glacée.

Je me suis réveillée en larmes et en sueur. Quel cauchemar...

L'accident

L'amour. L'amour?

C'est ce à quoi je pense, étendue au pied de l'orme énorme, la tête dans les nuages et la main perdue dans la fourrure d'Ange, qui somnole à mes côtés après avoir poursuivi tous les écureuils du parc.

Trampoline et Tit-Coq sont venus cet avant-midi puis ils sont repartis, esquissant d'innombrables arabesques dans l'air bleuté. L'amour modifie les démarches... l'amour.

Les heures ont passé, douces, longues et sablonneuses. Ange et moi sommes revenues au parc après avoir avalé le délicieux spaghetti de ma mère. J'étais tout absorbée à chercher des trésors dans mes chers nuages lorsqu'une horrible voix, familière de surcroît, m'a ramenée sur terre. Atterrissage forcé.

– Line? Line? Line Hotte!

– Qu'est-ce que tu veux?

– Il faut que je te parle.

– Ben parle-moi, que je lui hurle.

François Lacasse est loin, presque au bout du parc.

– J'ose pas aller te parler. À cause d'Ange.

En entendant son nom, Ange se redresse et lance un regard en direction de François Lacasse. On dirait qu'elle le prend pour un gros écureuil roux. Elle fait quelques pas vers lui. Paniqué, François Lacasse se met à courir sans regarder où il va. Et c'est alors que le pire arrive. Un cycliste casqué fait irruption. Collision. Le cycliste fait un superbe plongeon avant de se retrouver, tout éraflé, sur l'herbe. François Lacasse vole en l'air comme un ballon de football, puis il tombe sur la piste cyclable, inanimé et sanguinolent.

François Lacasse était toujours inconscient quand on l'a conduit à l'hôpital.

L'hôpital

Ce dimanche-là, le poulet ne goûtait pas pareil. Rien n'était plus pareil en fait. Il n'y avait même pas de chicane autour des cuisses (de poulet!). Christine n'était pas là, c'est vrai. Elle était sortie pour souper avec Pierre-Luc. Tous les deux ils voulaient faire le point, comme ils disaient. Moi, j'ai l'impression qu'il s'agissait plutôt d'une virgule que d'un point final. Juste à les voir se regarder ces deux-là, on devine qu'ils s'aiment encore: ça pue l'amour à plein nez!

En fait, c'est l'après-midi à l'hôpital qui nous a mis dans ce drôle d'état. Nous, du clan Hotte, on s'était dit que ce serait gentil de rendre visite à ce pauvre François Lacasse, hospitalisé à la suite de son accident. Mais on n'avait pas prévu qu'il y aurait tant de gens qui s'étaient donné le mot. Un vrai party!

Bien sûr, il y avait le père de François. On pouvait s'y attendre. Même que ma mère l'avait sans doute espéré. Par contre, elle n'avait sûrement pas prévu la visite de la tante de François, Claire, et de son petit ami en la personne de mon père... Le sourire de ma mère s'est transformé en affreuse grimace.

Puis, monsieur et madame Leblanc sont arrivés avec le petit Arno, et aussi Pierre-Luc, l'ex-grand-duc de Christine, et pour compléter le tout, le prof de maths et sœur Albertine.

Monsieur Leblanc n'a toujours pas perdu son sourire chevalin. Chaque fois qu'il me regarde, j'ai peur qu'il me morde. On ne sait jamais avec ce genre d'homme. Personnellement, je trouve sa dentition plus impressionnante que celle d'Ange; ce qui n'est pas peu dire. Il est encore trop tôt pour prédire quelle sera la dentition d'Arno; pour le moment il a d'adorables petites dents de lait... l'avenir nous le dira.

L'infirmière n'a pas voulu que nous entrions tous en même temps dans la chambre de François. Chacun a donc attendu son tour dans le salon au bout du corridor. J'ai dû raconter au moins quatre fois comment s'était produit cet accident stupide.

Monsieur Lacasse vient de sortir de la chambre de François. Tout le monde le presse de questions: comment va-t-il? A-t-il quelque chose de cassé? Est-ce qu'il va bientôt sortir de l'hôpital? etc. Monsieur Lacasse nous explique les conséquences de l'accident: son fils a eu une légère commotion cérébrale, il a une jambe et une côte cassées et des égratignures un peu partout. Tout ça à cause d'un accident de bicyclette!

Eh oui! Le cycliste s'entraînait pour une course de vitesse et... ça a cogné dur.

– François demeure encore en observation mais il devrait quitter l'hôpital d'ici un jour ou deux.

– Ah bon! tant mieux, articule la grande bouche de monsieur Leblanc.

Les professeurs décident de rendre visite à leur cher élève. Sœur Albertine, les Leblanc et le prof de maths laissent donc au salon le clan Hotte et le clan Lacasse. La guerre des yeux commence. Il ne manque que les fusils. Hotte versus Lacasse. C'est quelque chose d'assez intense comme atmosphère. Ma mère regarde Claire qui regarde Christine, mon père regarde monsieur Lacasse qui regarde ma mère. Sans oublier la présence de Pierre-Luc qui vient jeter de l'huile sur le feu. Christine et Grand-duc jouent au chat et à la souris. Thierry et moi on a l'air de deux dindes au milieu de cette belle société. Tout le monde est mal à l'aise. N'y tenant plus, je brise la glace.

– Vous avez des têtes d'enterrement. On est à l'hôpital, pas au salon mortuaire.

– Line, je t'en prie... entonnent en chœur mon père et ma mère.

– Faites un vœu, vous avez parlé en même temps.

Ils ont souri, c'est à peu près tout. Au moins ça de pris. Je vais à la fenêtre. Je renonce à animer ces adultes muets comme des carpes, aveugles comme des taupes et fermés comme des huîtres. Je regarde le ciel... Les nuages sont plus bavards; plus rassurants aussi. Aujourd'hui, ils ressemblent à de la barbe à papa. Rose. Bleue. Blanche. J'essaie de distinguer leurs formes mouvantes. Celui-là a l'air d'un aigle qui s'apprête à se jeter sur l'hôpital pour ensuite le manger; celui-ci ressemble à la grande bouche de monsieur Leblanc. Un long nuage gris s'avance au beau milieu du ciel, suivi d'un tout petit nuage frisé et souriant: madame Leblanc et Arno. Et les voilà justement, en chair et en os, qui reviennent de la chambre de François.

– Nine, Nine.

Arno court vers moi, les bras tendus. Je l'attrape et lui plaque un gros baiser en plein front. Il me regarde, sérieux comme un pape.

– Go bobo Fanfois, Nine. Go bobo.

– Il est un peu fatigué, notre beau François (beau?), mais il dit qu'il veut te voir, Line, dit le prof de maths en esquissant un sourire équivoque que je n'aime pas du tout.

– N'allez surtout pas penser que François et moi...

– Oh! mais je ne pense rien du tout, réplique le prof de maths en lançant un sourire à tout le monde autour.

Évidemment, tout le monde attrape ce sourire comme une maladie contagieuse. Je me sens rougir, blêmir. Je déteste qu'on puisse imaginer que François Lacasse et moi on... on... Quelle horreur!

Je m'apprête à sortir. Je suis furieuse. Je ne supporte pas les sarcasmes des adultes.

– Va rendre une petite visite à François avant de partir, il veut te voir.

– Je le verrai une autre fois. De toute façon, il est fatigué. Et moi aussi d'ailleurs. Et je ne voudrais surtout pas que quelqu'un pense que je... que lui et moi on est en amour parce que c'est pas vrai.

– Mais personne a dit ça, Line.

– Mais non personne, ajoute le prof de maths.

Bon. Je n'ai pas tellement le choix. Surtout avec monsieur Lacasse qui insiste. La vie est cruelle par moments. Allez, ma vieille, pousse la porte de ton mauvais sort...

Mal en point

C'est déprimant une chambre d'hôpital. Même s'ils peignent les murs en vert pour donner de l'espoir aux malades. Le vert est malade plutôt que plein d'espoir.

François Lacasse est dans une bien drôle de posture dans son lit d'hôpital. Il a une jambe suspendue; sa tête et son torse sont recouverts de bandelettes qui lui donnent un petit air égyptien. Il ressemble à la fois à une momie et à la fourmi atomique. Ses bras maigres sont couverts de bleus et d'enflures. Dès qu'il me voit entrer, il sourit, découvrant une fois de plus ses plombages intacts malgré le choc.

– Salut!

– Tu as laissé ton chien dehors?

– Ben oui, qu'est-ce que tu penses? Les chiens sont interdits à l'hôpital.

– Une chance...

– À part ça, c'est une chienne, pas un chien. Et puis elle s'appelle Ange.

– Après ce qui est arrivé, j'aime mieux pas l'appeler par son nom, tu comprends.

Un long silence s'installe. On entendrait un maringouin voler. François Lacasse me regarde dans les yeux. Je soutiens son regard jusqu'à ce que mon rêve, mon cauchemar plutôt, me revienne en mémoire. Et, comme s'il avait lu dans mes yeux...

– Les chiens sont pas admis mais les oiseaux, oui. Regarde.

Il tourne la tête en direction d'un coin de la chambre où pend un affreux rideau beige en toile. Je m'approche, incrédule, et je découvre une cage...

Tit-Coq est à l'intérieur de la cage! Dès qu'il me voit, Tit-Coq me lance une série de S.O.S. Il me prie, me supplie, me hurle, me chante de le remettre en liberté.

– Trampoline est seule, elle s'inquiète. Elle aura peur sans moi. Line, fais quelque chose. Je ne peux pas vivre sans elle, dans une cage, dans une maison, dans une prison. J'étouffe. Je ne veux pas de barreaux, de murs... Line, Line...

Je n'ai jamais vu un oiseau aussi désemparé. Ça crève le cœur. Je me penche vers Tit-Coq et lui chuchote des mots doux pour l'apaiser.

– Tit-Coq, je suis ton amie. Je te jure que je vais te sortir d'ici. Je te le jure.

Tit-Coq pleure, le bec dans l'aile. Je reviens vers François, l'œil méchant.

– Où tu as pris cet oiseau?

François sourit.

– Je l'ai attrapé... pour toi. Je savais que tu avais perdu ta tourterelle et j'ai pensé que si je t'en trouvais une autre, tu... enfin... tu serais peut-être mon amie.

Comment on dit...

François Lacasse m'aime...

Ce qu'il avait de si important à me dire au parc, c'est qu'il voulait m'offrir une tourterelle qu'il avait attrapée pour moi. Et c'est pour ça qu'il a eu cet accident ridicule. Et cette tourterelle, c'est Tit-Coq.

Pauvre Tit-Coq! Pauvre Trampoline! Et pauvre François!

Tu n'as vraiment rien compris, mon pauvre François. Plus tu veux me plaire et plus tu me déplais. Et plus tu fais de choses pour me plaire, et plus tu te mets les pieds dans les plats. Résultat: tu te retrouves dans de beaux draps... d'hôpital!

Tout ça parce que tu veux être mon ami. Mais François, comment on dit à quelqu'un qu'on ne l'aime pas comme il voudrait qu'on l'aime? Comment lui dire aussi qu'on n'aime pas son genre? l'humour qu'il n'a pas? sa couleur de cheveux? de peau? François, comment te dire que les gestes que tu poses me touchent mais que de savoir qu'ils viennent de toi les rend aussitôt banals à mes yeux?

Je ne peux pas te dire ça, François. Ça ne se dit pas des choses comme ça. C'est trop cruel. Je me sens déjà suffisamment méchante de les penser sans les dire en plus.

François... je ne t'aime pas.

Cœur gros

En sortant de l'hôpital, j'ai couru jusqu'au parc à la recherche de Trampoline. Elle n'était pas là. J'ai regardé sur les toits, sur les branches, dans les nuages. Nulle part. Elle n'était nulle part. Elle s'était sans doute réfugiée dans quelque recoin secret que seuls elle et Tit-Coq connaissaient et elle pleurait la disparition de son amoureux.

J'avais une boule dans la gorge. Tout au long du souper, j'avais la tête ailleurs et l'appétit ne venait pas. Thierry, lui, ne semblait pas affecté; il entamait avec un plaisir évident sa deuxième cuisse de poulet. Ma mère, elle, mangeait du bout des lèvres.

– François était content de te voir?

– ...

– Line, Line, je te parle.

– Hein? Oui, oui.

Je quitte la table et je pars dans ma chambre. Mon lit m'attire. Je plonge dessus avec mes pensées.

Où es-tu, Trampo? Et qu'est-ce qu'il comprend aux oiseaux, François Lacasse? Quel imbécile! Je pleure toute la bêtise de la terre dans mon oreiller.

– Line, Line...

Trampoline m'appelle. Elle pleure, elle aussi, sur le rebord de la fenêtre. Elle pleure son amoureux disparu. Je lui raconte les derniers événements. Trampoline est rassurée: Tit-Coq est vivant! Au moins ça de pris...

Manifestation canine

Trampoline ne se fait pas prier pour entrer dans sa cage. C'est le prix à payer pour revoir Tit-Coq.

Nous séchons nos yeux et nous prenons le chemin de l'hôpital toutes les deux. Toutes les trois en fait, puisque Ange nous suit malgré mon interdiction.

– Si Trampoline peut y aller, j'y vais moi aussi.

– Tiens, tiens, tu parles, toi, maintenant, lui roucoule Trampo.

– À ce que je sache, la parole n'est pas réservée en exclusivité aux volatiles!

– Oh! Madame a du vocabulaire! Pas mal pour un canin...

– Une canine! Et je te préviens, j'ai une dent contre toi.

J'interromps cette discussion qui risque de mal tourner. J'avoue que je suis la première étonnée: depuis sept ans que je connais Ange, elle n'a jamais, à ma connaissance, articulé la moindre syllabe. Ça lui prenait Trampoline et un brin de jalousie pour lui faire sortir les vers du nez.

– Petite cachottière, va!

– Ben quoi! Avant Trampoline, on n'avait pas besoin de se parler pour se comprendre toutes les deux. C'était bien plus simple. Les mots sont luxueux, ajoute-t-elle d'un air snob.

Je souris malgré moi. Je permets à Ange de nous accompagner, mais je lui précise qu'elle devra nous attendre à l'entrée de l'hôpital. Elle hurle évidemment.

– Discrimination! Racisme!

Nous croisons sur le trottoir un fox-terrier qui, entendant les plaintes d'Ange, décide, d'une voix étonnamment aiguë, d'être solidaire de sa race. Il appelle les chiens des alentours et, en moins de deux, un bruyant rassemblement se fait autour de Trampoline, Ange et moi. De quoi faire mourir François Lacasse. Bâtards, terriers, bergers et caniches entonnent le chœur de la solidarité canine. Évidemment, ils en ont tous contre Trampoline, qui les injurie du haut de sa cage mais qui tremble quand même un peu.

– Bande de malotrus. Vous pensez peut-être que le fait d'avoir quatre pattes vous donne tous les droits? Ou que d'être poilus vous rend plus nobles que les porteurs de plumes? Ou c'est votre dentition que vous portez comme un trophée? Enfants de chienne...

C'était mal parti. Je trouvais le trajet bien long de chez moi à l'hôpital. J'essayais de faire taire Trampoline. Sans résultat. Madame se lançait dans une longue envolée verbale. Heureusement, tout s'est conclu miraculeusement grâce à un brave matou, un peu téméraire toutefois, qui passait par là et qui a lancé avec mépris:

– Ah! Que les chiens sont épais!

Une douche froide n'aurait pas eu plus d'effet. Tout d'abord, un silence mortel a suivi la réplique du matou. Puis les chiens se sont vite ressaisis. La rage prenait forme. Et les aboiements ont repris de plus belle, mais cette fois-ci, dirigés contre le chat qui se précipita, pattes de velours à son cou, vers le premier poteau de téléphone venu.

C'est ainsi qu'Ange, Trampoline et moi avons pu, en toute quiétude, reprendre notre route en direction de l'hôpital, après quelques excuses d'usage, il va sans dire...

Chambre 4113

Ange s'assoit bien droit devant l'hôpital et ne nous regarde pas. La tête
haute, elle boude. On lui dit au revoir,
elle ne réagit même pas. Tant pis.

Dans l'ascenseur, on me regarde
comme si j'étais une extra-terrestre.
Les gens ont l'habitude d'apporter
des fleurs, pas des oiseaux. À la
limite, des oiseaux de paradis.

Double cage pour Trampo que
cette cage d'ascenseur. Quatrième
étage.

Nous sortons. Les longs corridors s'étalent. Chambre 4113.

– C'est ici, Trampoline.

– Mais ouvre, Line. Ouvre vite!

– Oui, oui, Trampoline.

– Qu'est-ce que vous dites?

Je m'empresse de rassurer l'infirmière, qui semble étonnée de m'entendre parler toute seule. La porte est fermée. J'hésite un moment. Mais Trampoline s'impatiente et insiste.

De l'autre côté de la porte, Tit-Coq se manifeste à son tour. Il a entendu la voix de Trampoline. Il l'appelle entre les larmes et les rires. Je pousse la lourde porte: je ne résiste pas à l'amour, moi!

Un grand silence nous accueille. Tit-Coq et Trampoline se parlent avec leurs yeux. Ils s'attendent de toutes leurs forces. Eux qui croyaient s'être perdus à tout jamais, ils se retrouvent intacts avec tous leurs morceaux, toute leur tendresse. L'angoisse fond, s'enfuit. Ils sont là, l'un pour l'autre. J'ouvre la cage de Trampoline, qui meurt du désir de se jeter dans les ailes de son amour.

Étrangement, la cage de Tit-Coq est déjà ouverte.

– C'est toi qui as ouvert la cage, François?

Et c'est maintenant seulement que je réalise que le lit est vide. François Lacasse n'est pas là.

Quand un homme pleure...

C'est toujours un peu surprenant un homme qui pleure. Peut-être parce qu'on n'en voit pas souvent. Monsieur Lacasse a la mine basse. Son fils est dans la salle de recouvrement. Hémorragie interne. Il avait pourtant l'air de bien aller cet après-midi.

– Ça arrive quelquefois après un choc, explique l'infirmière à monsieur Lacasse. François devrait revenir à lui bientôt. On vous fera signe.

Et elle part avec un sourire encourageant. Je regarde cette ombre blanche qui s'éloigne. On dirait un ange blanc qui entre dans son paradis. Est-ce qu'on s'habitue à côtoyer la maladie et la mort?

Je m'assois tout près de monsieur Lacasse. Nous restons ainsi, en silence, quelques instants. Je ressens toute la peine de cet homme. Inquiet. Si inquiet monsieur Lacasse.

– Est-ce que François va mourir?

Il lève sur moi des yeux mouillés et si tristes. Il soupire et hoche la tête.

– Je penserais pas. Le médecin dit que le pire est passé.

Monsieur Lacasse me raconte que, peu avant le souper, François avait demandé à une infirmière de descendre sa jambe suspendue; ce qu'elle avait fait pour le soulager un moment. Une fois l'infirmière partie, François se serait levé malgré l'interdiction formelle du médecin. Il aurait voulu prendre la cage d'oiseau qui se trouvait dans un coin de la chambre et il serait tombé. C'est à partir de ce moment que les événements se sont précipités: téléphone, urgence, civière. Et maintenant l'attente. La terrible attente. Parente de l'éternité.

François... Pourquoi, François? Tu as voulu réparer ta bêtise et libérer Tit-Coq? Mais tu ne pouvais donc pas faire plus attention? On ne s'aventure pas hors de son lit d'hôpital quand on est si amoché... Et moi qui te prenais pour un pauvre garçon sans courage... Au fond, tu es très chouette, François. Un peu naïf peut-être, mais très chouette.

Monsieur Lacasse baisse la tête. Je sais qu'il pleure encore mais qu'il ne veut pas me le montrer. Je pose ma main sur son bras. Il sourit tristement.

– François, c'est... c'est mon garçon... mon...

Les mots restent coincés dans sa gorge comme s'il avait avalé une balle de ping-pong. Comme s'il ne pouvait pas dire qu'il a peur que François meure. Il se tait, incapable d'avouer qu'il aime François.

Nous gardons ce silence entre

nous. Ma main sur son bras. L'attente se poursuit. L'attente...

François

François, le visage cireux, est étendu sur la civière, encore sous l'effet de l'anesthésie. Les bandelettes de gaze recouvrent toujours sa tête enflée... Seules ses paupières nous donnent signe de vie: elles battent doucement, presque imperceptiblement, comme des ailes de papillon endormi.

Monsieur Lacasse regarde son fils avec un sourire doux. Si doux. Tant d'amour dans ce sourire. Et tant d'espoir aussi.

Tant de fragilité dans ce François Lacasse endormi. Tant de douceur.

Qu'est-ce qui me prend?

Est-ce le fait que ses cheveux roux soient cachés sous les bandelettes? Est-ce cette détente inscrite sur son visage qui me fait trouver François Lacasse attendrissant? Mes idées s'embrouillent un peu. Je ne sais plus très bien où j'en suis. Mais je veux que François guérisse. Je veux lui parler à nouveau. Je veux qu'ensemble nous rendions la liberté à Trampoline et à Tit-Coq. Je veux que nous soyons amis.

J'étais venue, ce soir-là, avec Trampo pour rendre la liberté et l'amour à Tit-Coq... Tit-Coq aura retrouvé son amour. La liberté viendra plus tard, quand François sera sorti de l'éternité. J'ai promis à François de l'attendre. Je lui ai promis dans ma tête.

Dans la chambre 4113, Trampoline et Tit-Coq fêtent leurs retrouvailles. Ils roucoulent. Dans la verdeur artificielle des murs de l'hôpital. Mais eux, ils s'en foutent. La couleur est dans leurs yeux...

On partira bientôt...

– On va rester avec toi, François, jusqu'à ce que toi aussi tu sortes de ta cage.

C'est ce que Trampoline et Tit-Coq ont dit quand François a regagné la chambre 4113 en maugréant parce qu'il ne voulait pas rester seul dans la verdeur de l'hôpital.

Trampo me regarde et me sourit. Elle est si raisonnable sous ses allures de gamine délurée. Tit-Coq aurait préféré partir plus tôt. En fait, il en veut à François. Il n'a pas apprécié ses manières brutales quand ce dernier l'a attrapé au filet, le coupant non seulement de son amour mais de sa liberté, de son espace, de son azur infini. Tit-Coq reste convaincu que tout lui appartient. Heureusement, Trampoline est là pour lui rabaisser le caquet quand la fortune et la gloire lui enflent trop la tête.

Tit-Coq accepte donc de prolonger son séjour à l'hôpital jusqu'à ce que François ait son congé. Un peu à contrecœur quand même, mais comme Trampoline reste aussi, c'est un moindre mal.

– Bon, mais pas plus de trois jours, hein. Ma patience a des limites et quand je n'ai pas ma ration de grand air, je perds des plumes.

Tope là! François est content. Il se sent moins seul et il a envie de guérir.

– Je m'en vais maintenant. Ange m'attend en bas.

– Vas-tu revenir me voir demain?

– O.K. Veux-tu que je te rapporte quelque chose?

François Lacasse réfléchit un instant. Un éclair passe dans son regard et il sourit.

– J'aimerais que tu m'apportes mon cahier de maths et que tu m'expliques ce que vous avez fait cette semaine en classe.

– D'accord.

Mais moi, je ne souris pas. Les maths! Franchement!

Matin brumeux

Aujourd'hui, c'est samedi. C'est le jour «J», comme dirait ma mère. Nous libérons nos amis à plumes. Le choix du lieu s'est décidé très simplement.

– Là où il y a de l'eau...

Trampoline et Tit-Coq nous ont parlé d'une falaise qui se trouve sur l'île du jour. C'est là qu'ils nichent. Sur la falaise de l'île du jour. Nous avons donc entrepris de nous rendre à la rivière aux oiseaux.

C'est moi qui porte la cage avec les deux oiseaux. François a besoin de ses bras pour manipuler les béquilles. Depuis hier, il saute. Il sautille en fait. En tout cas, il fait ce qu'il peut.

Nous décidons de prendre un taxi. Le chauffeur nous trouve bizarres. Ça se voit tout de suite dans ses yeux qui semblent dire: «Qu'est ce qu'un éclopé, une péronnelle et deux tourterelles peuvent bien aller faire au bord de la rivière aux oiseaux par un samedi matin brumeux?»

– Vous avez de l'argent au moins?

– Au moins que quoi? que je lui aboie en lui montrant un billet de dix dollars.

– Rien, rien...

Trampoline glousse, Tit-Coq tousse et François se cache le visage derrière ses béquilles. Moi, je reste très digne. Je suis polie quand on l'est avec moi! Quand on ne l'est pas, on doit s'attendre au pire...

Nous voilà enfin arrivés au bord de la rivière. Je paye. Le taxi repart, laissant derrière lui un nuage de poussière. Tit-Coq est impatient. Son emprisonnement l'a ankylosé et il se plaint d'embonpoint.

– Tu vas pouvoir secouer tes puces très bientôt, mon ange, lui roucoule Trampoline.

L'air est frais, la brume, épaisse. On devine le soleil qui veut percer ce brouillard bleuté. Tout est calme. La rivière s'étire et l'île se dessine au milieu de l'onde. C'est sur cette île que nous relâcherons Tit-Coq et Trampoline. C'est sur cette île que je dirai à François que je... que j'ai eu peur de le perdre.

La rivière aux oiseaux

Au bord de l'eau dort une barque. Au milieu de la rivière, l'île se dessine. Et entre les deux, on entend l'appel du large.

Un regard suffit. François troque ses béquilles contre les rames et nous partons. François est maladroit, il rame tant bien que mal au début puis il finit par trouver un rythme convenable. Nous glissons sur l'eau, doucement d'abord, puis de plus en plus vite. On dirait qu'il y a des sirènes cachées qui nous invitent à les rejoindre dans l'île du jour...

Le courant est fort. Mais nous aussi nous sommes forts. Rame, François, rame. Plus fort, plus vite. On approche. L'île est là, tout près. On y est presque. Le soleil perce enfin le brouillard et l'île est inondée de lumière.

– Regarde, Line, comme c'est beau!

Comme une apparition, l'île se dresse devant nous. Je me soulève et hisse la cage vers le ciel afin que Trampo et Tit-Coq admirent le paradis qui les attend. La barque tangue.

– Assis-toi, Line. Tu sais bien qu'on doit rester tranquille dans une embarcation.

François a de la peine à rétablir l'équilibre. Il échappe une rame à l'eau. Je plonge ma main dans la rivière glacée. Trop tard, la rame file, emportée par l'eau noire. Ça tourbillonne. Le courant nous entraîne vers la falaise à une vitesse hallucinante. Nous n'avons plus aucun contrôle sur l'embarcation qui tournoie dans les remous comme une toupie.

Trampoline et Tit-Coq pressentent le danger et crient à fendre l'âme. J'ouvre la cage. Juste avant que ne survienne le grand fracas...

Procession

Monsieur Lacasse pleure à chaudes larmes. Son chapeau à la main, il marche derrière le cercueil que portent six garçons de secondaire quatre et cinq. Presque toute l'école est là; non, j'exagère, mais les classes de secondaire un et deux sont au complet, ça c'est sûr. Sœur Albertine est en prière dans le chœur. Sa guitare est posée à côté d'elle. Sans doute aurons-nous droit à un concert pendant les funérailles.

Ma mère et mon père marchent, bras dessus bras dessous, en s'appuyant l'un sur l'autre. Ma mère a mis son manteau noir, celui que je déteste tant. Mon père, lui, est vêtu très sobrement: chandail et pantalon marine. Thierry et Christine ne pleurent pas, mais leurs paupières sont enflées. Je sais que si je posais mes lèvres au bord de leurs yeux, le goût de la mer m'envahirait aussitôt.

Claire, la blonde de mon père (la rousse plutôt), accompagne son frère, monsieur Lacasse. Elle aussi a mouillé ses cils roux.

Et derrière les deux familles suivent les profs. Monsieur et madame Leblanc avec Arno, qui lui n'a rien perdu de sa joie de vivre et qui ne devine pas le drame des adultes et des adolescents qui pleurent la disparition de deux des leurs. Arno trottine dans l'allée centrale en demandant à son père de jouer à ti-galop, ti-galop.

– Plus tard, Arno, plus tard. Pas de cheval dans l'église.

Si je pouvais rire, je le ferais de bon cœur. Monsieur Leblanc me rappelle tellement un cheval que je suis surprise qu'on l'ait laissé entrer à l'église. Le prof de maths a les yeux rougis lui aussi. C'est touchant. Pierre-Luc Leduc arrive en courant et va rejoindre Christine, qui se jette dans ses bras en pleurant comme une madeleine. Pauvre chouette. Le grand-duc s'est mis chic pour la circonstance; il s'est aspergé de lotion après-rasage, lui qui a à peine trois poils au menton.

Puis, quand tout le monde est bien installé derrière son banc d'église, sœur Albertine prend sa guitare et joue: *J'ai du bon tabac dans ma tabatière...* pendant que le curé souhaite la bienvenue à l'assemblée et qu'Arno se met à danser.

De l'œil-de-bœuf, François et moi on ne rate rien de la cérémonie. Il est touchant ce témoignage d'amitié de nos camarades de classe. C'est la douleur des membres de la famille qui est plus difficile à supporter.

Le dernier mot

Sur le perron de l'église, Ange attend, le museau palpitant, l'œil aux aguets, l'oreille tendue.

– Ange... Ange!

Elle sait que je suis là mais elle boude. Je l'ai trahie de la pire façon... de son point de vue bien sûr. Non seulement je l'ai abandonnée mais j'ai trahi la race canine au grand complet en choisissant Trampoline et en amenant avec moi celui qui l'a toujours méprisée: François Lacasse.

– Ange...

– Non, Line Hotte. C'est fini. F-I-fi-N-I-ni. Fini! Et c'est mon dernier mot.

Et Ange s'enferma à tout jamais dans un silence de mort.

Épilogue

Dans l'église, pendant l'homélie où le prêtre vante les bontés du Seigneur qui accueille dans son royaume les âmes de Line et de François, le soleil entre par l'œil-de-bœuf et jette de la poudre d'or sur les deux cercueils posés devant l'autel.

Dans la nef, la voix aiguë du petit Arno se fait entendre.

– Nine... Fanfois...

Toute l'assemblée se tourne vers le bambin qui pointe du doigt l'œil-de-bœuf devant lequel se tiennent deux tourterelles qui, l'instant d'a-près, prennent leur envol dans l'immensité du ciel pour disparaître comme deux points minuscules der-rière les nuages.

Fin

Montréal, novembre 1988.

Achevé Imprimerie
d'imprimer Gagné Ltée
au Canada Louiseville